AF315352

MÉMOIRE

24 Octobre 1807.

SUR

LA MACHINE DE MARLY [1].

Cette fameuse Machine, faite par un Liégeois, nommé Rannequin, fut destinée à fournir l'eau de la Seine à *Marly* et à *Versailles*.

L'intention de Louis XIV, qui la fit construire, était sans doute d'avoir une grande abondance d'eau, et de s'assurer, par la multiplicité des moyens, de n'en jamais manquer, tel dérangement qu'il pût arriver à cette Machine, et telle réparation qu'on y fît.

C'est pour remplir ce but que son auteur la composa de 14 roues, indépendantes les unes des autres, lesquelles font mouvoir 253 pistons distribués, tant sur la rivière qu'aux deux puisards ou repos qu'il a été indispensable d'établir dans la distance de plus de 600 toises, qui se trouve entre l'aqueduc et la rivière.

Les grands réservoirs de Marly et de Lucienne, dont le premier contient 46,700 toises cubes, et le second, 61,250, rassuraient encore, par cet approvisionnement immense, sur la crainte de manquer d'eau. Le réservoir de Lucienne a depuis été supprimé.

Ces dispositions présentaient néanmoins de grands inconvéniens. La multiplicité des pièces dont cette Machine est composée, nécessite un travail continuel pour les réparer; soixante ouvriers y sont employés, et ont toujours occasionné une dépense annuelle de

---

(1) J'ai livré ce Mémoire à l'impression en mai 1811; il a été revêtu de la permission de la censure. Un ordre supérieur, dont je n'ai pu connaître le motif, en a arrêté l'impression et fait briser les planches.

A

70,000 francs, en comptant l'année moyenne depuis l'époque de sa construction.

Cette longue suite de tuyaux de conduite, placée sur la pente du terrain, dans la grande distance qui se trouve de la rivière à l'aqueduc, laisse échapper, par la multiplicité des jonctions, une quantité d'eau considérable, qui fait éprouver un déchet sur le produit de la Machine. Les pompes, placées sur les bassins de reprise pour se renvoyer l'eau au premier bassin, de là au deuxième, et enfin au haut de la tour, exigent encore une puissance qu'elles prennent de la Machine, et emploient une grande partie de sa force ; en sorte que cette immense Machine fournit à peine, dans son état actuel, 12 à 15 pouces d'eau.

Si l'on compare ce chétif résultat à l'immensité des moyens employés pour l'obtenir, et à la capacité des réservoirs destinés à contenir ce modique produit, on sera sans doute surpris de voir d'aussi grands efforts produire des effets aussi petits.

Cependant, les défauts que l'on reproche sans cesse à cette Machine ne peuvent pas être adressés à son auteur. Elle est simple dans sa composition ; l'exécution en est bonne et solide, au moins était-elle ainsi dans son principe. Tout démontre que son auteur était instruit et joignait à l'instruction une grande expérience. Il est certain qu'à de légers perfectionnemens près, que des moyens nouveaux d'exécution présentent actuellement, on ferait mieux difficilement.

Ce qui s'oppose donc aux grands effets que l'on espérait de cette Machine, ce sont les difficultés que présente sa situation locale, et qu'il était impossible d'éviter. L'élévation de la tour de l'aqueduc est de 500 pieds au-dessus de la rivière ; l'expérience a démontré que l'on ne pouvait pas charger un piston d'une colonne d'eau aussi haute, sans s'exposer à voir à chaque instant la garniture de ce piston, de telle manière qu'elle soit faite, détruite par l'extrême vitesse que l'eau, pressée par un poids aussi considérable, acquiert en s'introduisant entre cette garniture et les parois intérieurs du corps de pompe.

(3)

Rannequin, qui avait acquis cette expérience dans les travaux hydrauliques des mines du pays de Liége, où l'on ne donne pas plus de 120 pieds à chaque jeu de pompe, a dû sentir qu'il fallait nécessairement former des repos dans cette hauteur, y placer des pompes pour reprendre les eaux du premier repos, afin de les porter au second, et placer aussi des pompes à ce second, pour porter les eaux au haut de la tour, et qu'il fallait, par conséquent, emprunter l'effort de la Machine, par les moyens de renvois, pour faire marcher ces pompes.

Aucun procédé plus simple ne peut remplacer cette disposition, toutes les fois que l'on voudra, en supprimant les repos et les renvois, fouler l'eau directement jusqu'au haut de la tour. Tous les changemens que l'on voudra faire dans la construction des pompes et dans la manière de les faire mouvoir, ne seront que des améliorations de peu d'importance, et ne produiront jamais l'équivalent de la dépense que ces changemens auront occasionnée.

Lors même que l'on parviendrait, par une exécution parfaite, à un ajustement exact des pistons dans les corps de pompe, en sorte qu'il ne s'échappât pas une goutte d'eau entre les parois des pompes et les pistons, on rencontrerait encore une grande difficulté à soulever une si longue colonne d'eau ; non-seulement la hauteur perpendiculaire est trop considérable, mais la longueur de 630 toises à parcourir pour arriver de la rivière à l'aqueduc, présente un frottement de l'eau dans les tuyaux, et une résistance d'inertie qu'il faut vaincre à chaque coup de piston, et qui double au moins l'effort que devrait faire la Machine, si elle agissait sur une colonne perpendiculaire.

On en a l'expérience démontrée dans la Machine à vapeur de Chaillot. La hauteur perpendiculaire de la colonne d'eau à élever, est de 110 pieds des basses eaux de la Seine, et la distance de la Machine aux réservoirs, est de 360 toises. Pour éviter la résistance d'inertie d'une colonne d'eau de cette longueur, les auteurs de cette entreprise ont construit un vaste réservoir d'air, dans lequel, par une disposition particulière, la Machine elle-même introduit de l'air comprimé au point nécessaire pour soulever cette colonne d'eau, de manière

qu'à chaque coup de piston, l'air se comprime et réagit ensuite contre
la colonne d'eau, la presse et la foule, de manière qu'on la voit arri
ver dans les réservoirs qui sont sur la montagne, par un écoulemen
uniforme, et sans que l'on aperçoive les impulsions de la Machine.

On a fait une expérience qu'il serait facile de répéter : on a supprimé l'effet du réservoir d'air, en le laissant emplir d'eau ; alors
la Machine qui donne habituellement de 8 à 10 coups par minute,
n'en donnait plus 4 ou 4 1/2.

Cette disposition devient encore plus importante dans une Machine, comme celle de Marly, dont les impulsions sont plus lentes que
celles d'une machine à feu. Si donc on voulait conserver le système
de la Machine de Marly, il serait indispensable d'établir des réservoirs d'air sur les conduites ; la Machine y gagnerait beaucoup de lé-
gèreté, et les tuyaux et clapets exigeraient moins de réparations.

Néanmoins, on ne peut pas se dissimuler que, malgré ces addi-
tions et toutes celles que l'on pourrait indiquer pour la restauration
de cette Machine, ses produits seront toujours insuffisans pour les
besoins de Versailles, et seront loin de compenser les dépenses ex-
traordinaires qu'il y faudrait faire, ainsi que celles qu'elle occasion-
nera annuellement pour son entretien.

Au lieu de cette immense Machine, on propose au Gouvernement
des moyens que l'on eût sans doute employés dans le temps, s'ils
eussent été connus.

Depuis quelques années, les pompes à vapeur se sont assez multi-
pliées en France pour en connaître les effets. Elles ont été appliquées
à tant d'objets divers, qu'elles sont devenues une puissance motrice
qui se calcule comme toutes les autres, et même avec beaucoup plus
de précision.

On ne peut donc former aucun doute sur leur résultat ; il est facile
de calculer leur puissance sur le produit que l'on veut obtenir ; on ne
peut commettre aucune erreur ; leur entretien est peu dispendieux ;
on ne peut les attaquer que sur la dépense du combustible.

Mais si l'on veut comparer la dépense annuelle d'entretien de la
Machine de Marly, avec ce qu'elle produit d'eau sur l'aqueduc, et

r ensuite ce qu'une Machine à vapeur qui consommerait pour
: même somme de charbon par année , élèverait d'eau à la même
iteur , on jugera , par la comparaison des produits , auquel des
ix moyens on doit donner la préférence.

)n pourrait placer une machine à vapeur sur le bord de la rivière,
ir fouler l'eau jusqu'au premier puisard ; parvenue à ce point ,
: seconde Machine reprendrait l'eau pour la fouler au second
sard ; et enfin , une troisième Machine la reprendrait pour l'éle-
sur l'aqueduc. Par ce moyen , on éviterait le renvoi de mouve-
nt qui existe actuellement pour porter la force motrice depuis la
ère jusqu'au deuxième puisard. Il suffirait de trois corps de
npe pour toute cette opération ; et l'entretien des 253 pistons de
Machine actuelle , disparaîtrait devant le très-grand avantage de
n avoir plus que trois.

Mais on n'échappera point à l'inconvénient de cette longue et dis-
idieuse suite de tuyaux de conduite , couchés sur la pente de la
ntagne ; à l'entretien que nécessite la multiplicité des joints et des
tures occasionnées par le mouvement inévitable des terres , l'al-
gement et le raccourcissement alternatif du métal dans une aussi
nde étendue.

Pour éviter tous ces obstacles , faire un établissement solide et
able , s'affranchir de toute réparation dispendieuse et de toute
erruption de longue durée , on propose de faire une galerie sou-
raine , à l'instar des galeries des mines , conduire cette galerie
qu'au pied de la tour , et faire sur ce point un puits auquel abou-
it cette galerie ; alors une Machine à vapeur placée sur ce puits,
cisément comme on le fait sur les fosses des mines de charbon ,
vera sur la tour la quantité d'eau qui sera jugée nécessaire pour
nenter les communes de Versailles et de Marly , et pour l'agré-
nt des jardins.

Je moyen , dont le succès est démontré par cent exemples , ne prê-
te aucune difficulté dans son exécution. La galerie souterraine
ce qui se pratique journellement dans les exploitations des mines,
souvent dans des rochers infiniment plus durs que la pierre qui

compose la montagne de Marly ; elle sera suffisante, en lui donnan
4 à 5 pieds de largeur, et 6 pieds de hauteur. Il est probable qu'il n
sera pas nécessaire de la voûter, les rochers étant suffisamment solide

Les pompes s'établiront dans les puits avec facilité, comme dan
ceux des mines qui ont, dans quelques endroits, 1000 à 1200 pied
de profondeur. On doit remarquer que, dans ces fosses d'épuisemen
si la Machine à feu restait seulement quelques jours sans agir, pou
une réparation quelconque, tous les travaux seraient inondés. L'o
doit conclure de-là que cet événement n'arrivant presque jamais, l
service des Machines à feu est parfaitement sûr.

La dilatation du métal qui compose les jeux de pompe, est san
inconvénient, les tuyaux qui les forment étant posés les uns sur le
autres perpendiculairement.

On peut multiplier ces jeux de pompe autant que l'on veut, pou
ne point trop charger les pistons et éprouver les renouvellemen
moins fréquens. Les réparations, d'ailleurs très-rares, n'exigent qu
quelques minutes.

Les avantages de ce moyen seront facilement sentis et appréci
par ceux qui font usage des Machines à feu, et qui connaissent l'ex
ploitation des mines : tous ces détails leur sont familiers.

Si le Gouvernement adoptait ce procédé, il y aurait quelqu
observations préliminaires à faire. La galerie que l'on projette sera
t-elle pratiquée à un tel niveau que la rivière de Seine puisse s'y i
troduire dans les plus basses eaux ? ou se servira-t-on d'une de
roues de la Machine actuelle pour élever l'eau seulement à 30 ou 4
pieds sur un pont-aqueduc, sous lequel passerait la route qui bord
la rivière ? Cette roue éleverait facilement à une si petite hauteu
toute l'eau nécessaire à l'alimentation de la Machine à feu.

Dans la première supposition, il est à craindre que la galerie étan
prise aussi bas, on ne rencontre un terrain d'une autre nature que l
pierre qui compose la montagne, et n'offre quelques difficulté
dans l'exécution ; un trou de sonde peut répondre à cette incertitude
On pourrait aussi trouver des sources assez abondantes, qui, en se
mêlant avec l'eau de la Seine, pourraient en altérer la qualité.

En s'attachant au second procédé , on ne peut craindre aucun obstacle ; l'aqueduc souterrain serait moins long , et le puits moins profond ; il se creusera sans rencontrer d'eau et sans obliger à des épuisemens ; mais il y aura à construire le pont-aqueduc sur la route, une roue et une machine hydraulique.

Si le Gouvernement adoptait ce plan , dont on ne donne ici qu'un aperçu , il faudrait lui donner plus de développement , et l'appuyer de calculs et d'observations faites sur les lieux.

On doit encore considérer ce projet dans ses rapports avec la finance. Depuis plus de vingt ans , le Gouvernement , fatigué des dépenses énormes d'entretien de cette Machine , et de la comparaison de cette dépense à son produit , n'a cessé de demander , aux savans et aux artistes , les moyens de suppléer à cette Machine par une plus simple dans sa composition , et moins dispendieuse dans son entretien. Plusieurs concours ont été annoncés , et des prix ont été distribués ; aucun des Mémoires n'a rempli le but qu'on se proposait, parce que, comme on l'a déjà dit , les défauts de cette Machine ne viennent point de sa composition , mais bien de sa situation locale.

Le projet que l'on propose dans ce Mémoire ne présente aucune difficulté dans son exécution.—L'établissement d'une Machine à feu n'est pas très-dispendieux , et son entretien ne mérite pas d'être calculé. Il ne faut plus de tuyaux de conduite , puisqu'ils sont remplacés par un aqueduc qui n'exige aucun entretien dispendieux. On pense que cet aqueduc , le puits et la Machine à feu, ne coûteront pas plus de 600,000 fr. ; et d'après les aperçus que l'on a des matériaux qui composent la Machine actuelle , on est fondé à croire, qu'à peu de chose près , leur valeur pourrait payer cette dépense.

Reste à pourvoir à celle du combustible que la Machine consommera annuellement. Celle de Chaillot élève 700 pouces d'eau sur la montagne ; elle en éleverait sur celle de Marly , cinq fois plus élevée, 140 pouces ; le pouce d'eau , élevé à Chaillot par la Machine à vapeur, coûte annuellement, pour le combustible, 187 francs ; le même pouce d'eau, élevé sur l'aqueduc de Marly, coûterait , par conséquent , 935 fr. ; il coûte trois fois autant par la Machine actuelle, en répartissant les frais inévitables d'entretien sur la quantité de pouces d'eau qu'elle élève. Il y aurait donc déjà un très-grand bénéfice à adopter la Machine à vapeur en remplacement de la Machine actuelle.

Mais il est encore possible de faire disparaître au moins une grande partie de cette dépense de combustible (toujours mal calculée, parce qu'on ne veut pas la comparer à l'effet qu'elle produit), en utilisant le cours d'eau qui fait mouvoir la Machine actuelle. On pourrait l'appliquer à l'établissement d'usines qui donneraient un revenu considérable.

RÉSUMÉ.

Pour rétablir la Machine de Marly, le Gouvernement ferait une dépense considérable.

Cette Machine réparée, nécessitera encore une dépense annuelle d'entretien tellement onéreuse, que le pouce d'eau élevé sur la tour de l'aqueduc, reviendra à plus de 3,000 fr. par an.

L'établissement d'une Machine à feu proposée pour la remplacer, ne coûtera rien au Gouvernement.

La dépense d'entretien et de combustible de cette Machine, ne fera pas revenir le pouce d'eau à plus de huit à 900 fr. par an ; et cette dépense peut disparaître en grande partie par le produit des usines établies sur le cours d'eau.

Une compagnie de toute solvabilité fera toutes les avances, si le Gouvernement veut lui abandonner l'ancienne Machine et ses accessoires.

Elle ne détruira rien que la nouvelle ne soit en activité ; elle fera même un traité à longues années, par lequel elle se chargerait de l'entretien de la nouvelle Machine, de son alimentation, et de la fourniture d'une quantité d'eau déterminée.

ADDITION

ADDITION

AU MÉMOIRE QUE J'AI PRÉSENTÉ AU GOUVERNEMENT,

SUR LA MACHINE DE MARLY.

J'AI donné dans ce Mémoire mes idées sur les moyens de fournir de l'eau à Versailles, en substituant des pompes à vapeur à la Machine de Marly. J'ai démontré que l'élévation de l'aqueduc au-dessus des eaux de la Seine ne permettait pas de fouler l'eau d'un seul jet depuis la rivière jusqu'au sommet de la tour ; l'expérience le défend, quoique la théorie le permette. J'ai démontré que le volume d'eau élevé par cette Machine, coûte trois fois plus qu'un pareil volume d'eau élevé par des Machines à vapeur, en comparant les réparations annuelles que sa situation locale nécessite avec son produit. J'ai fait voir que la grande longueur des tuyaux de conduite placés le long de la montagne, expose à des réparations continuelles, et oppose une résistance considérable à toute espèce de Machine que l'on voudrait faire.

Pour échapper à tous ces inconvéniens, j'ai proposé de faire un canal intérieur pour conduire les eaux sous la tour de l'aqueduc, d'où elles seraient élevées par une Machine à vapeur : on m'a objecté que le percement de ce canal serait très-dispendieux, que l'on pourrait rencontrer des obstacles dans le sein de la montagne, par la dureté des matériaux. Mais ces matériaux sont connus, c'est une pierre à bâtir, facile à travailler, et infiniment moins dure que les rochers qui recèlent les mines de charbon, dans lesquels cependant on fait habituellement des galeries semblables à celle que je propose; que les sources que l'on connaît dans cette montagne, et qui s'y

B

rendent un peu au-dessous du premier puisard, contrarieraient les travaux, et en augmenteraient de beaucoup la dépense.

On peut éviter cette contrariété en faisant ce percement au niveau de ce premier puisard ; on serait au-dessus des sources, et l'on rencontrerait peu ou point d'eau.

Il n'est point probable que ce percement exige d'être voûté, si ce n'est dans quelques parties ; la nature de la pierre qui compose la montagne de Marly le fait espérer.

J'insiste sur la construction de cet aqueduc, parce que ce système est infiniment plus solide, qu'il n'entraîne aucun entretien dispendieux, et encore parce qu'il présente une grande économie.

Une conduite en tuyaux de fer entraîne des réparations continuelles ; l'alternative de la chaleur et des gelées les fait casser souvent, ainsi que le moindre mouvement des terres ; cette conduite devrait avoir au moins 18 pouces de diamètre ; la toise de ces tuyaux pésera 1700 l. Pour avoir ces tuyaux de bonne matière, il faudra les tirer des départemens éloignés ; ceux qui ont été employés à la prise d'eau des Machines de Chaillot ont coûté 3o fr. le quintal rendu à Paris ; en supposant que l'on obtînt ceux-ci au même prix, ils coûteraient 510 fr. la toise ; à quoi il faut ajouter les rondelles de plomb pour les joints et les boulons d'assemblage, ce qui les ferait revenir à plus de 550 fr. la toise.

Le canal souterrain que je propose coûtera moins, et n'exigera aucune réparation ; il n'est pas nécessaire de lui donner au-delà de 5 pieds de large et 10 pieds de haut. Je suis fondé à croire, d'après les renseignemens que j'ai pris, que cette galerie souterraine ne coûterait pas à ouvrir plus de 100 fr. la toise, et c'est aussi l'évaluation que lui a donnée M. Baader, dans son projet pour la Machine de Marly ; d'après les consultations qu'il a faites auprès de feu M. Guillaumot, qui avait le travail des carrières ; ces tuyaux de conduite en fer coûteraient, comme je viens de le dire, au moins 550 fr. la toise ; il y aurait donc une grande économie à adopter l'aqueduc que je propose.

Je ne me dissimule cependant pas que ce système entraînerait

(11)

nécessairement plus de temps dans son exécution que le placement de
tuyaux sur la pente de la montagne, parce que l'on ne peut pas
mettre beaucoup d'ouvriers dans une galerie de 5 pieds de large ; il
faudrait nécessairement faire des puits de distance en distance pour
attaquer ce travail par plusieurs points à la fois, et extraire les matériaux qui sortiraient de l'excavation ; ces puits sont une dépense qui
augmentera les frais de ce percement ; mais telle qu'elle soit, elle ne
s'élèvera pas, à beaucoup près, à ce que coûteraient les tuyaux de
fonte. Trois ou quatre de ces puits seront conservés pour donner la
facilité de nétoyer cet aqueduc lorsque les vases de la rivière se seront
accumulées. Perpendiculairement au-dessous de ces puits, il sera
pratiqué dans cet aqueduc un enfoncement de trois pieds de profondeur pour recevoir les vases qui seront nécessairement entraînées
par le courant, et qui, rencontrant cet enfoncement, s'y déposeront
d'autant mieux, que l'eau aura peu de vîtesse dans l'aqueduc ; au
moyen de cette précaution, l'eau arrivera, au puisard de la grande
Machine, dépouillée d'une grande partie de ses vases, et sera fournie pour ainsi dire épurée dans le réservoir de Marly.

D'après ces dispositions générales, et les observations judicieuses
que m'a faites Son Excellence Monseigneur le Comte de Champmol,
Ministre de l'Intérieur ; voici ce que je propose :

FOUILLE ET MAÇONNERIE.

Il sera construit une prise d'eau sur la rivière, qui communiquera
par une arche sous le chemin à un puisard construit au bas de la
montagne, qui aura trois pieds de profondeur au-dessous des plus
basses eaux ; sur ce puisard, on construira un bâtiment, dont les
proportions seront données, qui renfermera une Machine à vapeur
de 56 pouces de diamètre à double effet ; les deux pompes de cette
Machine auront 14 pouces de diamètre ; elles fouleront l'eau dans un
réservoir d'air, à l'instar de celui de Chaillot, d'où partira une conduite en tuyaux de fonte de 18 pouces de diamètre, qui portera l'eau
à 150 pieds de hauteur perpendiculaire, et 100 toises de distance au
premier puisard actuellement existant.

B 2

Ce premier puisard versera l'eau qu'il recevra de la Machine dont on vient de parler, dans l'aqueduc souterrain qui la conduira au puits sous la tour.

Cette galerie sera construite de niveau ; elle contiendra 4 pieds de hauteur d'eau, attendu la pente que doit prendre l'eau en la parcourant pour se rendre au puits de la tour ; cette pente sera d'environ 21 pouces 1/2, cette galerie ayant 513 toises de longueur ; cette partie, qui aura 4 pieds de large, sera maçonnée en briques ou en meulières avec chaux et ciment. En faisant cette construction, on observera une pente d'une demi-ligne par toise, à partir du milieu de l'intervalle d'un puits à l'autre, pour que l'on puisse facilement la nettoyer et faire écouler la vase dans les fosses ou puisards qui seront construits sous les puits.

Ces puits seront au nombre de trois, outre celui de la Machine de la tour, sauf ceux que l'on jugera à propos de faire dans les intervalles, pour faciliter et accélérer les fouilles, lesquels seront comblés ensuite.

Le puits de la Machine aura 8 pieds de diamètre, il sera revêtu en maçonnerie et construit solidement ; on placera dans la maçonnerie des encorbélemens de pierre pour porter les pièces de charpente sur lesquelles seront fixées les pompes. Les trois autres puits auront seulement 5 pieds.

PREMIERE MACHINE.

La Machine placée sur le premier puisard, ou prise d'eau, sera à double effet ; son cylindre aura 36 pouces de diamètre ; elle fera marcher deux pompes de 14 pouces de diamètre, qui fouleront l'eau dans une conduite de 18 pouces jusqu'au premier puisard, élevé de 150 pieds au-dessus des basses eaux de la rivière, et distant de 100 toises ; elle fournira 170 pouces d'eau. Pour n'avoir pas à vaincre la résistance d'inertie d'une colonne d'eau aussi pesante, il y aura un réservoir d'air sur lequel ces pompes seront embranchées, ainsi que cela a été pratiqué aux Machines de Chaillot. L'effet de ce réservoir

l'air est de faire arriver l'eau avec une vîtesse uniforme, malgré
l'intermittence des pistons. Cette Machine sera munie de deux chaudières pour se suppléer l'une à l'autre, afin de les nettoyer sans in-
terrompre l'action de la Machine. Il sera pratiqué à ce puisard une
décharge de superficie et une de fond ; la première est destinée à
évacuer la trop grande quantité d'eau que cette Machine élevera, et
qui sera nécessairement un peu plus considérable que celle que pui-
sera la grande Machine dont il va être parlé ; la seconde servira à
vider entièrement toute la galerie, lorsqu'il sera nécessaire de la
nettoyer.

DEUXIEME MACHINE.

Cette Machine sera à simple effet ; son cylindre aura 60 pouces de
diamètre ; les pompes travaillantes dans le puits auront 14 pouces ; il
y aura quatre jeux de pompe qui reprendront l'eau de l'un à l'autre ;
le dernier jeu de pompe qui sera au jour foulera l'eau sur la tour ;
en conséquence, son piston sera fixé à une tige ajustée dans une boîte
à cuir. Il y aura à cette pompe, comme à la première Machine,
un réservoir d'air pour faciliter le jeu de la Machine ; elle sera
aussi, comme la première, munie de deux chaudières ; elle fournira
sur l'aqueduc 160 pouces d'eau.

Outre l'effet de cette Machine pour faire mouvoir les pompes, elle
fera marcher une mécanique pour monter le long de la montagne le
charbon nécessaire à sa consommation journalière. On ne doit pas
craindre que cette action, étrangère à son objet principal, diminue
sensiblement son effet ; la quantité de charbon consommé par le
fourneau de la Machine sera de 18,000 livres par 24 heures, et la
quantité d'eau montée sera de 8,640,000 liv. dans le même temps ;
sur lequel cependant il faut déduire l'eau d'injection qui est perdue
pour l'aqueduc, mais qui pourra être utilisée au niveau de la base
de la tour, qui est à peu près le sommet de la montagne ; néanmoins
la Machine n'employera pour s'alimenter, de combustibles, qu'un
cinquième ou un quart pour cent de sa puissance, ce qui n'altérera
pas sensiblement son mouvement.

Je ne puis donner ici qu'un aperçu du prix de ces Machines ; pour en faire un devis régulier, il faudrait que le projet fût définitivement arrêté, et les dessins faits.

Les deux grandes Machines de Chaillot ont coûté 268,405 liv 19 s. 7 d., sans comprendre les conduites qui portent l'eau aux réservoirs. A Marly, il n'y aura qu'une Machine, mais elle sera munie de deux chaudières ; ces chaudières, qui sont en cuivre, ont coûté 56,947 liv. 16 s. 6 d. Il faut considérer que le cuivre coûte dans ce moment-ci le double de ce qu'il valait alors ; Son Excellence le Ministre de l'Intérieur calculera s'il ne conviendrait pas, pour un établissement de cette importance, de faire ces chaudières en cuivre plutôt qu'en fer. Ce premier métal a un grand avantage sur le second ; il conserve sa valeur, et les dépôts seleniteux qui s'y attachent par l'ébulition, sont beaucoup moins adhérens, et s'enlèvent plus facilement que sur le fer.

Il y aura quatre jeux de pompe dans le puits de la Machine. La hauteur totale, depuis le fond du puits jusqu'au sommet de la tour, étant de 350 pieds, on pourrait, à la rigueur, n'en mettre que trois ; mais outre qu'en en mettant quatre, les pistons et les soupapes se détruiront moins et exigeront des réparations moins fréquentes, il se trouvera deux de ces jeux de pompe de chaque côté de la bielle qui les fait marcher, ce qui est beaucoup plus convenable, et fatigue moins cette bielle.

Les corps de pompe seront en cuivre, on les fait quelquefois en fer ; mais ce métal a l'inconvénient d'user promptement les garnitures des pistons. La compagnie d'Anzin a, dans ses exploitations, toutes ses pompes travaillantes en cuivre ; l'expérience lui a prouvé que cette dépense était une économie. Ces pompes auront 14 pouces de diamètre ; elles péseront environ 1,500 liv. chaque, et, pour les quatre, six milliers. Les chapelles des pompes du bas et du haut seront en fer fondu, ainsi que les aspirans ; les tuyaux montans des pompes seront fondus dans les départemens.

Le dernier jeu de pompe sera muni d'un réservoir d'air, et de ses deux clapets tels qu'ils existent à Chaillot.

Estimation en aperçu de coût de ces deux machines pour tout ce
i sera fourni des ateliers de Chaillot, sans y comprendre les buses
tuyaux montans, depuis la première Machine jusqu'au puisard,
même que celles des pompes du puits sous la tour, ni les travaux
terrassse, maçonnerie et bâtimens renfermant les Machines dont
paraît que l'ingénieur es ponts-et-chaussées sera chargé.

Pour la première Machine, dont le cylindre aura 36 pouces de
mètre, ses deux pompes et ses chaudières en cuivre. 150,000 f.

Pour la deuxième, dont le cylindre aura 60 pouces
diamètre, ses quatre pompes, et ses chaudières en
vre. . . . . 250,000 f.

$$\text{Total. . . . . 380,000 f.}$$

Je me réserve, comme je l'ai déjà dit, de préciser un devis plus
ct, lorsque les dessins seront faits ; mais je ne pense pas que le
x de ces Machines s'élève au-delà de la somme ci-dessus ; il y aura
jouter encore les Machines à monter le charbon, les chemins de
, et les chariots destinés à cet objet.

PARIS, *le 24 octobre* 1807.

Signé **PERIER.**

OBSERVATIONS

SUR LES TRAVAUX RELATIFS AU PLACEMENT

DES MACHINES A VAPEUR DE MARLY.

Je dois rappeler ici, en peu de mots, les motifs qui m'ont suggéré le projet que j'ai présenté au Gouvernement, il y a plus de 25 ans, de substituer des Machines à vapeur à la Machine hydraulique, située à Marly, qui fournit de l'eau à Versailles.

Cette Machine, aussi bien composée qu'elle pouvait l'être à l'époque où elle a été construite, coûtait des frais énormes d'entretien, qui, comparés au modique volume d'eau qu'elle élevait sur l'aqueduc, faisait revenir le pouce d'eau à environ 3,000 fr. par an ; son entretien avait été extrêmement négligé, et pour la réparer entièrement, il en aurait coûté des sommes immenses ; je pensais que les Machines à vapeur, par leur puissance et leur simplicité, seraient beaucoup plus économiques ; en comprenant même la dépense annuelle du combustible, le même pouce d'eau coûterait plus de moitié moins, et en faisant les Machines d'une grande proportion, on se procurerait l'avantage d'avoir plus ou moins d'eau, suivant le besoin, en mettant toujours la dépense en proportion avec la consommation d'eau, ce que l'on ne peut obtenir des Machines hydrauliques. L'état de vétusté de la Machine de Marly, son modique produit, les dépenses annuelles d'entretien qu'elle exigeait, firent enfin accueillir mon projet.

J'ai démontré à Son Excellence Monseigneur le Comte de Champol, dans les longues et fréquentes conférences que j'ai eues avec ce Ministre, les inconvéniens des tuyaux de conduite placés

sur

sur la pente de la montagne , les réparations fréquentes qu'ils exigent sur une longueur de 630 toises, le frottement de l'eau dans ces tuyaux, qui emploie une grande partie de la puissance du moteur, tel qu'il soit ; l'impossibilité , démontrée par l'expérience, de fouler l'eau d'un seul jet à une hauteur perpendiculaire de 500 pieds ; la nécessité indispensable d'établir des repos, d'y placer des pompes, et de transmettre l'action du moteur pour les faire mouvoir ; d'après cela, l'exécution du projet fut arrêté tel que le porte mon Mémoire et mon marché qui en est la suite.

Il a été arrêté, dans plusieurs visites que le Ministre a faites sur les lieux ,

1°. Qu'il serait fait une prise d'eau sur la rivière ; on a préféré de faire cette prise d'eau au-dessous du barrage qui procure la chute qui donne le mouvement à l'ancienne Machine, parce que , dans le cas où l'on se déterminerait à détruire ce barrage , il y aurait toujours de l'eau aux aspirans des pompes ;

2°. Qu'il serait établi une Machine à vapeur, à double effet, de 36 pouces de diamètre à son cylindre ; que l'on construirait un petit bâtiment, près et derrière le chemin, pour la renfermer ; la prise d'eau de 4 pieds de large, passant sous le chemin pour alimenter les aspirans des pompes ; que cette Machine élèverait l'eau par deux corps de pompes de 14 pouces de diamètre, et la foulerait dans une conduite de fer, de même diamètre, sur le rempant très-rapide de la montagne, dans un réservoir anciennement construit, qui n'est distant de la rivière que d'environ 100 toises ;

3°. Que de ce réservoir il serait percé une galerie souterraine jusques sous la tour de l'aqueduc, dans laquelle il serait creusé un puits qui irait rejoindre cette galerie ; que cette galerie aurait 3 pieds de large et 4 de profondeur d'eau, à cause de la pente que prendra nécessairement la surface de l'eau par l'effet des pompes placées dans le puits ;

4°. Que dans l'intérieur de la tour , dont les dimensions sont suffisantes, ce qui économise la construction d'un bâtiment, il serait établi une Machine à vapeur, à simple effet, de 60 pouces de diamètre au cylindre ; cette machine fera marcher quatre corps de pompes placés dans le puits ; ces pompes seront disposées de manière à couper ou diviser la colonne d'eau, qui est d'environ 350 pieds de hauteur pour atteindre le sommet de l'aqueduc, en quatre parties, pour éviter les inconvéniens de la trop grande pression d'une haute colonne d'eau sur les pistons ; ce qui les détruit promptement et les expose à de fréquentes réparations.

Les dimensions de ces Machines sont telles, que la quantité d'eau qu'elles élèveront sur l'aqueduc sera de 192 pouces d'eau ou 13,824 muids par vingt-quatre heures.

La Machine sur le bord de la rivière, étant à double effet, élevera plus d'eau que celle de la tour, quoique les pompes, qu'elle fera mouvoir, soient du même diamètre, parce que le piston du cylindre agissant dans les deux sens de sa course, elle donnera deux coups de pompe contre un de la Machine de la tour. Cette disposition a été faite, 1°. afin que les pompes de la Machine de la tour ne manquassent jamais d'eau ; 2°. le Ministre a pensé qu'il conviendrait peut-être, un jour, à Sa Majesté, de profiter de cet excédent pour envoyer à la Malmaison une vingtaine de pouces d'eau, que cette Machine pourrait fournir, indépendamment de l'alimentation de la Machine de la tour.

La consommation de charbon de ces Machines sera, savoir : pour celle d'en bas, de 9,072 livres par jour, et pour celle d'en haut, de 18,000 livres, en tout 27,072 livres, qui font un peu plus de 11 voies et demie par vingt-quatre heures ; mais on doit observer qu'il n'est pas nécessaire que les Machines marchent constamment, vu que les besoins de Versailles ne l'exigent pas, et avec d'autant plus de raison, que le réservoir qui reçoit les eaux de la Machine, est d'une étendue immense, et peut, lorsqu'il est plein, alimenter Versailles plusieurs mois, sans qu'il soit nécessaire d'y porter de l'eau. Les Machines de Chaillot, dans les commencemens de leur activité, ne marchaient qu'une fois par semaine, et seulement douze heures ; elles ont marché plus fréquemment à mesure que la distribution de l'eau aux fontaines et aux particuliers a pris plus d'étendue.

D'après toutes ces dispositions, approuvées par le Ministre, M. le Comte de Champmol, et concertées avec Son Excellence, j'ai fait un marché le 16 mai 1808, pour fournir ces deux Machines ; j'en joins ici copie. Les travaux de terrasse et constructions nécessaires pour placer ces Machines, quoique fort simples, exigeaient une surveillance et une activité que l'état de santé dans lequel je me trouvais alors, relevant d'une maladie très-grave, ne me permettait pas d'y mettre ; d'un autre côté, le Ministre désirait confier ce travail aux Ponts et Chaussées ; je ne m'en chargeai donc point.

Ces constructions paraissent exiger beaucoup plus de dépense et de temps qu'on ne l'espérait ; mon marché porte que mes Machines seront faites et prêtes à poser le 1er. août 1809 ; et qu'à cette époque, elles devaient être complètement payées. J'ai rempli mon engagement ; mais depuis plus de deux ans que les travaux de terrasse et maçonnerie sont commencés, rien n'est encore construit. Cette lenteur dans les constructions, le tableau des dépenses faites et de celles présumables pour achever l'établissement, ont déterminé Son Excellence le Ministre de l'intérieur à tout suspendre, et à nommer un Conseil pour prononcer sur le sort de cette entreprise ; en attendant cette décision, ma position devient extrêmement embarrassante, mes ateliers sont encombrés de ces machines, et je suis privé de leur jouissance pour d'autres travaux que j'ai à faire.

Dans ces circonstances, s'il m'était permis d'émettre mon opinion, je représenterais que les travaux de Marly sont trop avancés pour abandonner le système des Machines à vapeur ; si l'on voulait rétablir une Machine hydraulique, il en coûterait des sommes immenses ; on obtiendrait un très-modique produit d'eau, et cette Machine tomberait dans tous les inconvéniens que l'ancienne a fait éprouver. On ne foulera jamais l'eau, je le répète, d'un seul jet jusqu'au-dessus de l'aqueduc ; il faudra toujours des repos le long de la pente de la montagne, y placer des pompes, et transmettre le mouvement de la Machine à ces pompes ; il y aura toujours, sur une longueur de 650 toises de tuyaux, des réparations continuelles. L'ancienne Machine de Marly était composée d'une manière très-simple, et je ne connais personne qui puisse la faire mieux actuellement, et qui puisse donner une garantie morale de son succès ; elle pourrait seulement être construite avec les perfectionnemens d'exécution que l on a acquis depuis.

Sa Majesté l'Empereur a fait venir un artiste distingué de Bavière, M. Baader, pour donner son avis sur la Machine de Marly ; il a fait sur cet objet un travail assez étendu, qui est imprimé et que l'on peut consulter ; on y trouvera, *page* 3 , qu'il pense comme moi, que l'on ne peut pas fouler l'eau d'un seul jet, depuis la rivière jusques sur l'aqueduc. Si la théorie le permet, l'expérience le défend. M. Baader proposait un moyen différent de celui employé à Marly, c'était de transmettre l'action du moteur aux pompes intermédiaires ; ce moyen est très-ingénieux et déjà connu ; mais il lui fallait, comme dans mon projet , une galerie souterraine ; cette galerie devait être percée au dessous des basses eaux de la Seine, et aurait exigé des épuisemens pour sa construction, qui eussent été très-dipendieux.

Je vais donc supposer que mon projet sera exécuté tel que je l'ai présenté, et prenant les travaux dans l'état où ils sont, j'examinerai s'il n'y a pas moyen de les continuer avec économie.

La prise d'eau à la rivière est faite ; elle doit être fondée au moins de deux pieds au-dessous des plus basses eaux ; il serait fâcheux que cela ne fût pas ; mais cependant il serait facile d'y remédier dans les sécheresses extrêmes, en y conduisant l'eau prise au-dessus du barrage. Le bâtiment qui doit contenir la Machine n'est pas fondé, mais la disposition de la fouille est telle, qu'il y aurait un espace assez considérable entre le chemin et le bâtiment ; cet espace, cette cour que l'on veut former en avant de cette construction, est parfaitement inutile ; on peut rapprocher ce bâtiment du chemin ; une retraite de six pieds est suffisante ; alors le canal de prise d'eau sera moins prolongé, les épuisemens à faire pour le fonder seront moins dispendieux, et le mur de soutennement pour porter ou contenir les terres de la montagne qui est derrière, aura moins d'élévation et d'épaisseur.

La galerie souterraine est percée à près de moitié de la longueur

'elle doit avoir ; ce percement est fait sur une dimension un peu
op petite : mais celle que l'ingénieur chargé des travaux projetait
lui donner, est beaucoup trop grande. Je ne demande, comme je
i dit, que trois pieds de large au chenal qui conduit l'eau au puits
la tour, et quatre pieds de profondeur d'eau ; une retraite de six
uces de chaque côté suffit pour que, dans les cas, très-rares, où
faudra nettoyer ce canal, on puisse, au moyen de quelques bois
travers et des planches, le faire parcourir par des ouvriers. Ou
urrait même y introduire un échafaud roulant, garni de quatre
olettes qui porteraient sur les retraites dont on vient de parler ;
canal aurait donc intérieurement quatre pieds de large et neuf
eds de hauteur ; ainsi il se construirait, y compris la maçonnerie,
ns une fouille de huit pieds de large sur onze à douze pieds de hau-
ur. Il y aura donc peu à ajouter à l'enlèvement de terre qui est
t.

Cette galerie sera continuée, telle qu'elle est, jusques sous la
ur ; mais le percement doit être fait à la toise, et marchandé avec
s ouvriers mêmes qui font la fouille, et non avec un entrepreneur
rticulier ; c'est ainsi que cela se pratique dans les exploitations
s mines, où ces sortes de travaux coûtent infiniment moins que ce
'ils ont coûté à Marly.

Le puits de la tour a été manqué. Lorsqu'on a commencé le per-
ment, on a trouvé des sables et de l'eau, on devait s'y attendre.
s puits du village de Lucienne indiquaient la profondeur où devait
trouver cette nappe d'eau ; au lieu de continuer ce percement
ec l'activité non-interrompue que l'on devait y mettre, le travail a
é abandonné pendant plus de six mois ; les sables se sont éboulés,
s'est formé des vides autour de la fouille, et la tour a été en dans
r. Le puits n°. 2 fournit la preuve de ce fait ; il est à très-peu de
stance du premier ; on a rencontré dans sa fouille les mêmes
bles, la même nappe d'eau, mais il a été suivi avec activité, et il
t poussé à toute la profondeur qu'il doit avoir.

La fouille du puits n°. 3 n'est pas achevée, mais ces puits n'ayant
é projetés que pour faciliter et accélérer le percement de la galerie

souterraine, en multipliant les ateliers, je pense que celui-ci peut être abandonné et recomblé ; les puits n°'. 4 et 5 sont à leur profondeur.

La fouille de la galerie se trouve dans un banc de glaise qui contient un peu d'eau, ce qui donne quelqu'embarras ; il était désirable qu'elle fût faite dans le banc de pierre qui est-au-dessus ; cela était possible, si, par quelque trou de sonde, on eût reconnu la qualité de ce terrain ; mais actuellement, il serait dispendieux de changer cette disposition ; les machines sont faites, il faudrait changer les proportions des pompes, construire un autre réservoir, pour recevoir les eaux de la première machine, et tous les frais faits pour le percement de près de la moitié de la galerie seraient perdus.

On remarque, en général, que l'économie n'a pas présidé à ces travaux ; on a fait de beaux bâtimens en charpente, pour mettre à l'abri les ouvriers qui travaillaient aux fouilles des terres, pendant que dans les exploitations des mines, une douzaine de perches et de la paille suffisent. On a fait une espèce de manége, tourné par dix hommes, pour enlever les caisses chargées des déblais ; on se sert ordinairement d'un trucil à deux manivelles ; et, au lieu de ces caisses en bois, qui exigent de donner aux puits beaucoup plus de diamètre qu'il n'est nécessaire, on se sert de petites mannes qui n'ont que seize à dix-huit pouces de diamètre ; enfin, ayant construit ces grands hangards, il fallait au moins faire tourner les tambours sur lesquels s'enroulent les cordes par des chevaux, ce qui aurait été moins dispendieux ; on a donné d'ailleurs infiniment trop de diamètre aux puits, qui, n'étant que provisoires, ne doivent avoir que quatre pieds au plus.

A l'égard des constructions, j'ai vu un approvisionnement de matériaux très-considérable de pierres de tailles ; elles sont taillées depuis plus d'un an pour la construction des puits ; il sera difficile, pour ne pas dire impossible, de les employer ; elles sont d'une dimension beaucoup trop forte pour pouvoir même les descendre à une aussi grande profondeur. La fondation du puits de la tour doit être établie sur un rouet de charpente ; la maconnerie sera faite en

ites pierres de taille ou en moëllons, piqués jusqu'au-dessus de
uverture de la galerie ; le reste sera bâti en meulière , puisqu'il y
a un grand approvisionnement ; il faudra seulement placer dans
te maconnerie des morceaux de pierre sous les sommiers qui
rtent les pompes.

Il faut , dans l'intérieur de la tour, un mur de refend en pierre de
lle, pour porter le balancier de la Machine ; j'en donnerai les di-
nsions.

J'entrerai dans tous les détails des constructions de cet établisse-
nt , si le Conseil nommé par Son Excellence me fait l'honneur de
appeler.

Signé, **PÉRIER.**

16 Janvier
1811.

MÉMOIRE

SUR L'ÉTABLISSEMENT DES MACHINES A VAPEUR

Destinées à remplacer les Machines hydrauliques de Marly.

CE projet, médité depuis plus de vingt-cinq ans, examiné
accueilli par l'Académie des sciences, présenté par un homme dé
connu par des succès, et qui, depuis, en a constamment obte
dans toutes les entreprises dont il a été chargé, soit pour le Gou
vernement, soit pour des particuliers, devait, peut-être, lui mér
ter quelque confiance.

Je n'ai point sollicité S. Exc. Monseigneur le Comte de Cham
mol, Ministre de l'Intérieur; c'est lui qui m'a appelé pour me pr
poser l'entreprise de fournir l'eau de la Seine sur l'aqueduc
Marly, et remplacer l'ancienne Machine hydraulique; vingt confé
rences ont eu lieu avec lui pour méditer, examiner et peser les diff
rens moyens d'exécution que présentait mon Mémoire; on pe
croire que l'idée de monter l'eau d'un seul jet, depuis la riviè
jusques sur l'aqueduc, n'a pas échappé au Ministre, comme parai
sant la plus simple. Cette manière, dont j'ai démontré les inconvé
niens, a été rejetée; il est résulté de ces conférences, la rédactio
du traité signé par le Ministre et par moi le 16 mai 1808.

Ce traité m'imposait l'obligation de tenir mes Machines prêtes
poser le 1er. août 1809, et je l'ai remplie; par ce même traité,
Ministre prenait l'engagement de me faire payer tous les trois mo
un à compte de 40,000 francs, et de solder mon payement à cett
époque; cet engagement n'a point été rempli.

J'a

J'ai compté sur l'exécution littérale d'un acte aussi authentique. Si j'eusse pu penser que la partie accessoire de mon projet, qui était les travaux de terrasse et maçonnerie nécessaires pour placer les Machines, dût renverser et annuller la principale, je n'aurais pas consenti qu'un autre que moi en fût chargé.

Son Excellence désira faire faire ces travaux par les Ponts et Chaussées : je ne m'y suis point refusé ; peut-être qu'un ingénieur des mines aurait été plus instruit de ce travail ; il fut convenu qu'il mettrait un ingénieur ordinaire qui aurait l'habitude de conduire des ouvrages de cette espèce, et de tenir des attachemens avec ordre et régularité ; mais il était bien entendu que cet ingénieur, tel qu'il fût, se concerterait avec moi. Cette disposition est textuellement exprimée dans mon traité, et n'a point été exécutée.

M. Bralle, ingénieur en chef des Ponts et Chaussées, et directeur de la Machine de Marly, a dirigé ces travaux ; mais cet ingénieur, peu exercé dans ce genre de construction, avait sans doute besoin de mes conseils, et devait recevoir mes instructions ; ce qu'il n'a jamais voulu faire. Il ne paraissait pas, d'ailleurs, naturel de le voir diriger ces travaux, parce qu'ayant présenté une Machine de son invention, pour le même objet, il pouvait conserver l'espérance de la voir un jour adoptée, et on ne devait pas attendre de lui le zèle et l'activité nécessaires. Cette réflexion tardive me fut faite par le Ministre lui-même.

M. Bralle a donc commencé les travaux ; mais, au lieu de me communiquer ses dispositions, il a voulu mettre du sien dans ce projet. Il correspondait directement avec le Ministre ; Son Excellence me renvoyait ses observations et ses mémoires pour y faire mes réponses ; ce qui prenait beaucoup de temps. Une année entière s'est écoulée à faire des approvisionnemens prématurés, à construire des bâtimens provisoires et inutiles ; des charpentes pour abriter les ouvriers qui devaient fouiller les puits et la galerie ; à faire un batardeau de 7 pieds d'épaisseur, pour construire la prise d'eau à la rivière ; enfin, depuis le mois de mai 1808, il n'y a encore rien de construit que la tête du canal de prise d'eau, qui encore n'est terminée qu'à la

D

largeur du chemin ; car il a fallu rendre la voie publique prati-
ticable.

Les dépenses effroyables et inutiles qui ont été faites, ont dû faire
naître des inquiétudes dans l'esprit de Monseigneur le comte de Mon-
talivet, Ministre de l'intérieur ; Son Excellence a suspendu les travaux
et a nommé une commission pour examiner l'entreprise dans tous ses
détails. Je devais sans doute être appelé à cette commission. Il était
juste, il était nécessaire que je fusse entendu. Malgré mes instances
et mes demandes réitérées, je n'ai pu obtenir cette faveur ; je n'ai été
appelé qu'à la dernière assemblée de cette commission , pour en-
tendre la lecture du rapport qu'elle a fait au Ministre.

Je n'ai qu'une connaissance très-imparfaite de la décision qui a été
prise, et dont je n'ai reçu aucune notification officielle ; la lecture
rapide que j'ai entendue m'a seulement laissé dans la mémoire que
la commission était d'avis que le système des Machines à vapeur fût
suivi ; que l'on se servirait de ce moyen pour élever l'eau de la Seine
sur l'aqueduc de Marly ; mais il paraît que la commission hésite encore sur les moyens qui seront pris pour exécuter ce projet ; que la
crainte d'éprouver des difficultés pour la fouille et la construction
de la galerie , ainsi que celle du puits de la tour, et aussi les grandes
dépenses que l'on craint que ces travaux n'entraînent, pour leur achè-
vement , servent de motifs à la commission pour proposer des modi-
fications et des changemens à mon projet, que je ne saurais approuver.

D'après les diverses opinions qui ont été émises en ma présence ,
il paraît que l'on veut monter l'eau d'un seul jet depuis la rivière
jusques dessus la tour, en la foulant dans un tuyau de conduite placé
sur le plan incliné de la montagne. La commission qui, probablement,
n'est pas certaine du succès, propose, dans le cas où cela ne réussi-
rait pas , d'établir plusieurs Machines sur le plan incliné de la montagne , qui se verseraient l'eau l'une à l'autre. Je ne puis être de cet
avis, et je vais déduire ce qui fixe irrévocablement mon opinion sur
cela.

La Machine à vapeur de 60 pouces à son cylindre, étant placée au
bas de la montagne, près la rivière, fera mouvoir une pompe de 11

pouces et demi de diamètre. Une colonne d'eau qui a ce diamètre pour base et 500 pieds de hauteur perpendiculaire, pèse 25,300 livres. On ne connaît point de matière dont on puisse construire les clapets des pompes et ceux du piston , qui puisse résister quelque temps au choc de cette pression, répété dix à douze fois par minute. Si, au lieu d'employer la grande Machine, on emploie la petite , qui n'a que 36 pouces de diamètre à son cylindre , la pompe n'aurait plus que 7 pouces 3 lignes de diamètre et la colonne d'eau ne pèsera que 11,255 livres. Cette pompe pourrait résister un peu plus que la première , mais elle donnerait une quantité d'eau qui serait trouvée sûrement insuffisante. L'une ou l'autre de ces Machines marchant continuellement, la première donnera 110 pouces d'eau, et la deuxième 55 pouces. En supposant tout cela praticable , le tuyau de conduite incliné sur le rempant de la montagne, outre tous les inconvéniens attachés à une suite de tuyaux de 636 toises de longueur, par la multiplicité des joints et la variation de leur longueur , par leur température, présentera, par l'eau qu'il contiendra, une résistance d'inertie de près de 160 milliers, qui chargerait beaucoup la Machine , et rendrait son mouvement extrêmement lent ; la Machine n'aurait plus la vîtesse qu'elle doit avoir, qui est de 3 pieds par seconde à son piston ; elle donnera par conséquent moins de produit. On peut, à la vérité, diminuer cette résistance , en établissant un réservoir d'air d'une grande capacité ; mais ce réservoir exigera une construction particulière, et beaucoup plus forte que ceux qui sont faits. L'absorbtion de l'air, sous une pression de plus de quinze atmosphères , diminuera encore le produit de la Machine par le volume d'air qu'il faudra introduire dans ce réservoir , qui est pris sur le produit de la pompe.

Il faudra nécessairement refaire les pompes, les pistons, leurs chapelles, et les clapets dont toutes les dimensions sont changées, et qui exigeront beaucoup plus d'épaisseur pour résister au poids de la colonne d'eau.

Le tuyau de conduite , en conservant le diamètre que je lui ai donné pour la Machine d'en bas, et qui était destiné à porter l'eau au premier puisard, aura beaucoup plus d'épaisseur ; ceux qui sont faits

pourront être placés dans la partie supérieure, mais il faudra environ
5oo toises de plus ; ces 5oo toises de tuyaux avec les joints, coûteront au moins 220,000 fr. J'estime que les changemens à faire aux
Machines seules et aux tuyaux de conduite, coûteront au moins
35o,000 fr. ; si l'on ajoute à cela un million de perdu par les dépenses déjà faites qui deviennent inutiles, et que l'on compare l'in-
suffisance du produit d'eau et l'incertitude du succès, j'espère que
l'on n'hésitera pas à continuer l'exécution du projet tel que je l'ai
présenté, et tel que le prédécesseur de Son Excellence l'a adopté.

On assure que M. Bralle, consulté sur la dépense nécessaire pour
achever l'exécution de mon projet, a demandé quatre millions et
quatre années de temps.

Je conçois que si l'on estime les dépenses qui restent à faire d'après
celles qui ont été faites jusqu'à ce moment, la crainte de les voir
s'élever à une somme excessive est fondée ; mais si l'inexpérience, a
profusion, et peut-être des motifs de malveillance, que j'ai droit de
soupçonner, ont dirigé ces premiers travaux, ce n'est pas une raison
pour les continuer d'une manière aussi dispendieuse et aussi mal-
adroite.

Le puits de la tour a été arrêté dans son percement par un niveau
d'eau que l'on y a rencontré ; cette difficulté devait être prévue,
puisque ce niveau est celui de tous les puits du village de Luciennes:
on devait préparer à l'avance ce qui était nécessaire pour le passer.
Dans toutes les fouilles des mines de charbon, ces niveaux d'eau se
rencontrent, et souvent ils sont dix fois plus considérables que celui-
ci : on les traverse sans de grandes difficultés. Au lieu de s'occuper,
sans perdre un instant, de vaincre les eaux et de passer ce niveau,
on a abandonné les travaux pendant plus de six mois ; il s'est formé
dans ce puits des éboulemens qui ont rendu les difficultés infiniment
plus grandes, et mis la tour en danger d'être renversée. Les ouvriers
flamands qu'on a fait venir exprès comme connaissant mieux ces
sortes de travaux, les ont repris, et ont passé le niveau. Ce puits
est actuellement poussé jusqu'au banc solide ; il est environ à moitié

(29)

 la profondeur qu'il doit avoir, et hors de danger ; mais si les tra-
ux sont encore long-temps suspendus, j'apprendrai sans surprise
 e la tour s'est écroulée.

Le second puits est à sa profondeur ; il est tout près du premier ;
 s'y est rencontré les mêmes sables, les mêmes eaux ; il a été fouillé
romptement et sans difficulté, parce que ce sont des ouvriers ins-
uits qui l'ont fait.

Le troisième n'est pas avancé, mais, ainsi que je l'ai dit plus haut,
 ne sera pas indispensable de l'achever. La fouille de ces puits a été
terminée dans le principe pour faciliter le percement de la galerie,
iter le roulement des terres d'un bout à l'autre de cette galerie,
 i a 500 toises de longueur, et pour enlever les vases qui pourraient
 déposer, lorsque l'établissement étant en activité, il sera néces-
ire de curer cette galerie ; ce qui arrivera très-rarement par la
 écaution que j'ai prise de filtrer l'eau qui doit y couler. Le puits
 2 étant à sa profondeur, ainsi que celui n°. 4, on peut se dis-
nser de profonder celui-ci.

Les puits n°s. 4 et 5 sont à leur profondeur, et communiquent à
 galerie ; en général, ces puits ont été faits avec une dépense qui
 rait été évitée, si j'eusse dirigé les travaux, ou si j'eusse été con-
lté ; ils ont été ouverts sur un beaucoup trop grand diamètre ; je
 ai demandé que 4 pieds. On a construit de magnifiques hangards
 charpente pour abriter les hommes qui montent les terres, pen-
 nt que dans les mines on construit un petit treuil, qui coûte 12 f. ;
 ne douzaine de perches et de la paille servent d'abris aux ouvriers.

La prise d'eau à la rivière pouvait être faite dès la première
 nnée : la saison a été très-favorable ; elle ne l'est pas encore ; on a
 mployé des moyens très-lents et très-dispendieux pour la faire ; le
 atardeau a été plus d'un an à construire. Les machines pour les
 puisemens ont été insuffisantes ; j'ai fourni, sans y être obligé,
 eux chapelets, sans lesquels on ne serait pas parvenu à les pousser
 1 point où ils sont.

La galerie souterraine est percée sur la moitié de la longueur
 u'elle doit avoir ; il est donc prouvé que l'on peut l'achever.

M. Bralle voulait lui donner une grande ouverture ; la foui
devait avoir selon lui, à ce que l'on m'a assuré, 13 pieds de lar
et 2o pieds de hauteur, ce qui aurait occasionné un déblai de ter
considérable ; elle n'en a que 6 ; mais elle est suffisante, n'aya
besoin, pour mon projet, que d'un canal de 3o pouces pour cot
duire toute l'eau fournie par la Machine près de la rivière.

La commission avait l'opinion que cette galerie aurait dû êtr
faite environ trente pieds plus haut, parce qu'alors elle se trouvera
dans un banc de pierre très-friable, et qu'elle se serait percée pl
facilement, et à meilleure marché, au lieu qu'elle se trouve dans u
banc d'argile qui exige des étançonnemens de charpentes pour cor
tenir les poussées des terres.

Je conviens de cela, mais n'était-ce pas à M. l'ingénieur à s'assure
par quelques trous de sonde, de la nature du terrain, et il deva
dire alors qu'il ne pouvait pas faire cette galerie.

J'ai choisi ce niveau, ne connaissant point la nature du terrair
pour profiter du réservoir qui existe ; si l'on renonçait à cette gal
rie, au niveau où elle a été commencée, je serais obligé de chang
les proportions de mes pompes, puisque la machine d'en bas aura
à soulever une colonne d'eau plus haute de trente pieds à celle d'
haut, d'autant moins élevée, ce qui serait encore une dépense ass
forte.

Mais, en y réfléchissant, on conviendra que si, d'après les pla
de la commission, cette galerie eût été pratiquée dans le banc c
pierre, on aurait rencontré des fissures, des fentes par lesquelles
aurait été difficile d'empêcher les eaux de se perdre, car ces fent
proviennent du mouvement et des affaissemens insensibles que
masse éprouve par le sol sur lequel elle repose ; au lieu que le bar
de glaise dans lequel elle est percée, forme un courrois naturel q
l'enveloppe, et la défend également des eaux étrangères qui vou
draient s'y introduire, et de la perte de celle qu'elle doit contenir

Je reviens au système de monter l'eau d'un seul jet ; j'ai déjà fa
voir, dans ce Mémoire, les inconvéniens d'opposer aux pistons
clapets de pompe, le poids d'une colonne d'eau trop pesante ;

is démontrer, par l'expérience, l'impossibilité d'obtenir des succès
suivant cette méthode : si la théorie le permet, l'expérience le
fend.

Rannequin, l'auteur de la Machine hydraulique de Marly, savait
la aussi bien que qui que ce soit de nos jours ; non-seulement il a
visé la hauteur de la montagne en trois parties, pour avoir à sou-
ver des colonnes d'eau moins hautes ; ce qui lui donnait l'embarras
la difficulté de transmettre la puissance de la Machine aux deux
pos qu'il avait disposés sur la montagne pour y placer des pom-
s , mais encore il a donné un très-petit diamètre à ses pistons, et
a multipliés au point qu'il y avait , dans ses Machines, deux cent
quante-trois pompes. On peut s'en convaincre par la description
cette Machine , par Bélidor.

J'ai fait mes pompes d'un grand diamètre , et je n'en ai que six ;
ux à la Machine d'en bas, parce qu'elle est à double effet, et qu'elles
rchent alternativement , et quatre à celle d'en haut ; d'après
te disposition, on peut être assuré que mes pompes résisteront à
ffort qu'elles ont à vaincre , et que le Gouvernement sera affran-
i des réparations dispendieuses qu'exigeait le nombre prodigieux
pompes de l'ancienne Machine.

Dans toutes les exploitations des mines de charbon de terre d'An-
terre, du département de l'Ourthe , de Mons, de Valenciennes,
toutes celles de la France , où les fosses ont de 600 à 1200 pieds
profondeur, jamais on ne donne au-delà de 120 pieds a chaque
de pompe : ces pompes sont placées dans la fosse au-dessus l'une
l'autre, et se versent l'eau. Il est bien évident que si les compa-
ies qui exploitent ces mines pouvaient croire qu'une seule pompe
suffire, ils n'auraient pas manqué de le faire , car ils auraient
uvé beaucoup d'économie.

Un savant très-distingué de l'ancienne Académie des sciences (le
evalier Borda), avait une exploitation de charbon à Montrelais ; il
de l'entêtement à vouloir monter l'eau d'un seul jet : sa fosse
it 400 pieds de profondeur ; je lui fournissais toute l'année des
iouvellemens de pistons, clapets et chapelles de pompes ; il a fini

par renoncer à cette mauvaise méthode , et il a adopté le système
des répétitions de pompes.

L'expérience de M. Brunet, qui , dit-on, monta l'eau à Marly
d'un seul jet sur l'aqueduc, ne fera pas changer mon opinion sur cela ;
sa pompe a 4 pouces de diamètre ; son piston n'est chargé que d'une
colonne d'eau qui pèse 3,000 livres. Il est mené par une manivelle
qui lui fait donner trois à quatre coups au plus par minute ; la manivelle a l'avantage de ralentir la vîtesse du piston aux deux extrémités
de sa course ; en sorte que la retombée des clapetets du piston s'opère
doucement. La Machine à vapeur , dont les mouvemens sont brus-
ques , et qui a une grande vîtesse , n'a pas cet avantage ; elle donne
dix et douze coups de piston dans le même temps.

Si la pompe de M. Brunet était appliquée à une Machine à vapeur , elle ne marcherait pas quatre jours ; à bien plus forte raison
si les pistons avaient dix à douze fois plus de surface.

La commission a encore présenté une opinion que je ne puis pré-
férer ; elle propose , dans le cas où on ne parviendrait pas à monter
l'eau d'un seul jet , de distribuer , sur le plan incliné de la montagne ,
plusieurs machines à vapeur qui se porteraient l'eau de l'une à
l'autre, suivant le système de l'ancienne Machine de Marly.

Cette disposition que j'ai présentée dans tous les Mémoires que j'ai
donnés sur cette entreprise, et que j'ai soumise avec tous les autres
moyens au choix du Ministre , est sans doute praticable et préférable
à celle de monter l'eau d'un seul jet ; mais il faudrait, pour bien
faire , quatre machines à vapeur : celle d'en bas , et trois autres sur
la montagne, en y comprenant celle de la tour , et l'on n'échappe-
rait pas au grand inconvénient que présente une longue suite de
tuyaux de 636 toises , qui donnent toujours des réparations fréquentes et continuelles par la multiplicité des joints.

Cet établissement serait d'abord inutile , et entraînerait à de plus
fortes dépenses que celle de mon système, puisqu'il faudrait construire
rois machines de plus ; les bâtimens pour les renfermer, les puisards
our y placer les pompes ; il serait encore nécessaire d'élever une
our à chaque machine , avec une cuvette pour recevoir l'eau , et lui

donner

onner la chute nécessaire pour la rendre à la Machine plus élevée,
nsi que je l'ai fait à la Machine du Gros-Caillou et à celle près
Hôpital général. Il faudrait construire des supports en maçonnerie
 long de la montagne, pour porter les tuyaux et empêcher que le
ouvement des terres les exposent à être souvent cassés.

On peut voir, par ce Mémoire, que toutes les parties de ce Pro-
t ont été méditées et examinées avec le plus grand soin.

J'ai cependant un reproche à me faire, c'est de ne m'être pas
hargé de la totalité de son exécution, et d'avoir consenti que le Mi-
istre fît faire les travaux nécessaires pour le placement de mes Ma-
hines par les Ponts et Chaussées ; les Machines seraient placées,
onneraient de l'eau, et la dépense eût été bien moins considé-
able.

Je n'ai eu besoin d'aucun secours étranger, ni d'aucun ingénieur
u architecte, lorsque j'ai construit l'établissement des eaux de Pa-
is, qui présentait beaucoup de difficultés ; celui du Gros-Caillou,
es moulins à vapeur de l'île des Cygnes, la fonderie du Creuzot,
elle de Liége , etc. etc.

Je pouvais donc me charger de même de celui-ci ; mais mon âge
vancé, et le mauvais état de ma santé, qui avait altéré considéra-
lement mes forces physiques, me firent penser qu'un ingénieur or-
inaire des ponts et chaussées, qui se concerterait avec moi, et qui
e rougirait pas de prendre des avis d'un membre de l'Institut et de
Académie des Sciences depuis vingt-huit ans, me serait utile et
éviterait la peine et la fatigue de gravir la montagne de Marly
ussi souvent qu'il était nécessaire pour conduire les travaux.

RÉSUMÉ.

Dans l'état actuel des choses, je pense que l'on ne doit pas aban-
onner les travaux qui ont été faits, à la vérité, avec trop de dé-
ense ; le puits de la tour peut être achevé, puisqu'il est à la moitié
e sa profondeur ; les autres sont faits, à l'exception de celui n°. 3,
ui n'est pas nécessaire, et que l'on peut recombler ; la galerie est

E

percée à moitié, aucune difficulté ne se présente pour l'acheve
bâtiment de la Machine d'en bas, qui n'est pas commencé, peut
rapproché de la rivière, ce qui épargnerait beaucoup de dépen
parce que le canal de prise d'eau aurait beaucoup moins de
gueur, et que le mur de soutennement des terres qui sont derr
le bâtiment, aurait aussi moins d'élévation et moins d'épaisse
tout autre projet serait dispendieux, et n'aurait pas le succès de
lui-ci.

Je pense que l'on doit faire un devis exact de ce qui reste à fa
passer des marchés avec des entrepreneurs solides et intellige
j'en trouverai facilement ; que l'on en fasse autant sur les char
mens demandés par la Commission, et l'on jugera auquel des p
jets on doit donner la préférence, bien entendu que l'on compar
les produits. Je demande à être admis à la discussion des devis et
marchés ; j'indiquerai, à l'égard de mon projet, les moyens d'e
cution que mon expérience me met à portée de prescrire, et l'é
nomie qui en résultera.

Je dois prévenir Son Excellence le Ministre de l'Intérieur, qu
dans le cas où elle persisterait dans le projet d'élever l'eau d'un s
jet, depuis la rivière jusques sur la tour, qu'alors je ne me mêle
plus de rien, ne voulant pas, à la fin de ma carrière, détruire u
réputation acquise par quarante ans de travaux et de succès ; il
restera de supplier Son Excellence de faire prendre livraison
Machines, de me les payer suivant les stipulations de mon march
et de les faire enlever dans le plus court délai.

Paris, le 16 *janvier* 1811.

Signé, PÉRIER.

MARCHÉ

POUR LA CONSTRUCTION DES MACHINES A VAPEUR,

Destinées à remplacer la MACHINE DE MARLY.

DEVIS DESCRIPTIF.

DISPOSITIONS GÉNÉRALES.

Au bas de la montagne de Marly, et dans le terrain dépendant de la Machine actuelle, où se trouve le logement de l'inspecteur et du suisse, il y aura une machine à vapeur et à double effet.

Il sera construit un puisard, qui, au moyen d'une arche pratiquée sous la route de Saint-Germain, et d'une prise d'eau, communiquera avec la rivière ; cette prise sera à 4 pieds au-dessous des plus basses eaux.

Sur le puisard, on placera deux pompes de 14 pouces de diamètre, qui fouleront l'eau dans un réservoir d'eau, à l'instar de celui de Chaillot, et de là dans une conduite en tuyaux de fonte, lesquels, ayant 15 pouces de diamètre, seront placés sur la pente de la montagne, entre les deux lignes des tirans de la Machine actuelle, et arriveront au premier puisard, situé à 25 toises de hauteur perpendiculaire, au-dessus de la rivière, et à 100 toises de distance environ.

A partir de ce puisard, l'eau sera conduite jusques sous la tour par une galerie ou aqueduc souterrain, à laquelle il sera donné

E 2

5 pieds de largeur, 10 de hauteur et 4 de profondeur d'eau ; sa l[ongueur] gueur sera d'environ 500 toises ; dans cette longueur, on perce[ra] trois ou quatre puits d'airage, destinés à servir à l'extraction [des] terres, et afin d'attaquer la fouille par plusieurs endroits à la fois[.]

Dans la tour de l'aqueduc, il sera creusé un puits de 8 à 9 pi[eds] de diamètre, et il sera enfoncé jusqu'à la rencontre de la galerie.

Dans ce puits, on placera quatre jeux de pompe, les uns au-de[s-] sus des autres ; le quatrième, se déterminant à l'orifice du puits da[ns] la tour, foulera l'eau dans un réservoir d'air, et de là, par une co[n-] duite perpendiculaire, jusqu'au haut de la tour, dans le gra[nd] aqueduc.

Ces pompes auront 14 pouces de diamètre dans les parties trava[il-] lantes, et 15 dans celles d'ascension.

Elles seront mises en mouvement par une Machine à vapeur, [à] simple effet, placé dans la tour.

Toutes les constructions de maçonnerie , tant celles du puisard [au] bas de la montagne, de la galerie et du puits, que celles relativ[es] aux bâtimens destinés à recevoir les Machines, devant être exéc[u-] tées par les soins de Messieurs les Ingénieurs des ponts-et-chau[s-] sées, les soussignés n'entreront ici dans aucun détail à cet égard[,] mais ils observent que toutes ces constructions devront être co[n-] certées avec eux.

Passant aux détails des Machines et des pompes, on les divisera[,] pour plus de clarté, en quatre parties.

Ire. PARTIE.   La première Machine à vapeur, et à double effet, à placer au ba[s] de la montagne.

IIe. PARTIE.   Les pompes à placer sur le puisard, et la conduite jusqu'à la ga[-] lerie.

IIIe. PARTIE.   La seconde Machine , à simple effet, à placer dans la tour d[u] grand aqueduc.

IVe. PARTIE.   Les pompes à placer dans le puits, et la conduite pour monte[r] l'eau jusques sur la tour dans le grand aqueduc.

PREMIERE PARTIE.

***

PREMIÈRE MACHINE A VAPEUR

A placer au bas de la montagne.

CETTE Machine sera à double effet ; son cylindre aura 36 pouces de diamètre.

Elle sera composée,

1°. De deux chaudières, dont la matière et la forme seront ultérieurement indiquées par Son Excellence le Ministre de l'Intérieur ;

Ces chaudières seront accompagnées de leurs tuyaux en cuivre rouge de chaudronnerie, nourriciers, d'épreuve et de décharge, ou vidange avec leurs robinets ; elles seront accompagnées de leurs soupapes de sureté, avec leurs leviers et les poids propres à les charger ; on y joindra tous les ferremens nécessaires pour consolider la maçonnerie des fourneaux : plus, les registres, les portières, les peignes et les barreaux de chauffe.

2°. Des tuyaux conducteurs de vapeur ;

3°. Du cylindre, ayant ses fond, couvercle, stuffimbox et boîte à calfat pour le passage de la tringle du piston ; le cylindre aura aussi son piston armé de ses ressorts de pression, crampons et cercles pour appuyer sur la garniture ; plus, la tringle avec ses pièces de suspension ;

4°. Des sommiers en bois destinés à porter la base du cylindre avec les tirans, ancres et plates-bandes en fer forgé, destinés à être pris et scellés dans la maçonnerie ; on joindra les boulons nécessaires pour fixer sur ces sommiers le fond ou base du cylindre ;

5°. Des boîtes de vapeur, garnies de leurs soupapes ; des tampons, couvercles, et autres pièces en dépendantes ;

6°. Des deux colonnes de vapeur ou tuyaux de communication entre les boîtes ;

1re. MACHINE à vapeur, au bas de la montagne.

7°. Du condenseur et de sa communication avec la base de l
pompe à air ; on y joindra la soupape d'injection garnie de so
coude, de son jet et de son tirant avec bascule et vis de rappel ;

8°. De la base de la pompe à air formant chapelle pour recevoi
le clapet du tuyau qui le fait communiquer avec le condenseur ;

9°. De la pompe à air, de son couvercle, de son piston monté de
sa tringle ; le piston aura ses clapets et le cercle destiné à presser sur
la garniture ;

La pompe à air sera accompagnée de sa soupape de décharge, et ,
en outre, à sa base, du tuyau, de la soupape et de la cuvette qui
composent le reniflard,

10°. D'un récipient ou bâche en bois de chêne, assemblé sur
toutes ses faces par des boulons ; cette bâche doit contenir la pompe
à air et le condenseur ; elle reposera sur des solives, placées elles-
mêmes sur des plates-formes en bois , au fond de la fosse ;

11°. De la pompe d'eau chaude et de son tuyau de communication avec le tuyau nourricier de la chaudière ; cette pompe étant
garnie de ses piston, soupape et tringle de suspension du piston ;

12°. Du régulateur avec ses axes, palliers, tirans et accessoires,
ainsi que sa poutrelle en fer, et les deux poteaux qui la portent ;

13°. Du chevalet et des jumelles en bois de chêne, destinés à sup-
porter les balanciers ; plus, des plate-bandes , boulons, et pièces de
fer, propres à consolider cette charpente ;

14°. Du balancier principal, armé de quatre étriers, tournés à
leurs extrémités , et filtés d'un filet carré, ainsi que leurs écroux ;
armé, en outre, de deux contre-platines d'étriers, de quatre martingales, et d'un axe en fer fondu, reposant sur des palliers en
cuivre , fixés dans des porte-palliers en fer fondu.

Sur un des bouts de ce balancier, sera placé un attirail, pour
servir à la suspension de la tringle du piston à vapeur, et la maintenir dans sa direction verticale.

Sur l'autre bout, sera placée une courbe supportant deux martingales , avec deux chaines à mailles anglaises, destinées à servir à la

suspension de la tringle du piston d'une des pompes de 14 pouces de diamètre.

Dans l'intervalle de l'axe du balancier au bout qui communique au cylindre à vapeur, seront placées deux courbes, parallèles sur les côtés du balancier, et qui porteront deux martingales et deux chaines, qui réunies par-dessous au moyen d'un fléau, serviront à la suspension de la tringle du piston de la seconde pompe de 14 pouces de diamètre.

Sur ce même balancier, sera placée une quatrième courbe, avec martingale et chaine pour la suspension de la tringle du piston de la pompe à air ; enfin, on y placera un tourillon pour le tirant du piston de la pompe d'eau chaude.

Au-dessus du chevalet, il sera mis un bâtis en charpente , pour butter et maintenir l'axe du balancier principal sur ses palliers.

15°. Du petit balancier, armé de ses deux étriers , portant boulons, et de son axe reposant sur des palliers en cuivre , fixés dans des porte-palliers en fer fondus ; ce balancier sera porté sur des jumelles et une charpente.

Par un de ses bouts, il sera fixé à l'attirail du grand balancier.

Il sera garni d'une courbe , avec martingale et chaine , pour la suspension de la poutrelle du régulateur.

16°. Cette Machine sera enfin accompagnée de deux engins, placés sur la charpente des balanciers à engrenages, avec moufles, poulies en fonte , et cordages pour le service des deux pompes de 14 pouces.

DEUXIEME PARTIE.

Pompes que la première Machine doit faire mouvoir, et conduite s.
la pente de la montagne.

POMPES sur le puisard au bas de la montagne, mues par la première Machine à vapeur.

CES pompes seront placées sur le puisard au bas de la montagn
Elles seront composées chacune,

1°. D'un aspirant en tuyaux de fonte, ayant 18 pieds de longueu
et 14 pouces de diamètre.

Au-dessus de cet aspirant, sera la chapelle avec ses soupapes, o
clapets d'aspiration, et sa porte pour le service des soupapes.

Cette chapelle posera sur une forte plaque en fonte, composée d
deux parties, et placée dans la maçonnerie du puisard ;

2°. D'un corps de pompe ayant, comme l'aspirant, 14 pouces d
diamètre ; sa longueur sera de 5 pieds ; il sera accompagné de so
piston et de sa tringle. Ces pièces, à l'exception de la tringle, seron
en cuivre ;

3°. D'un tuyau en fonte, formant la tête de la pompe, et couver
d'une boîte à calfat pour le passage de la tringle.

Sur ce tuyau, il en sera adapté un autre, avec un robinet, pou
régler la quantité de l'eau à entretenir dans la bâche d'injection.

A cette tête de pompe, seront adaptés des tuyaux pour communiquer avec la base du réservoir d'air, sur laquelle, au moyen de troi
tubulures, on réunira trois chapelles pour les soupapes de repos de
la conduite d'ascension, qui, placée sur la pente de la montagne
sera poussée jusqu'au premier puisard.

Le réservoir d'air sera composé de cette base, d'un corps de cylindre, et d'un chapeau ; plus, de deux robinets d'épreuve pou
connaître la hauteur de l'eau.

Le diamètre de ce réservoir d'air pourra être de 25 à 3o pouces
de diamètre, et sa hauteur de 9 à 1o pieds, non compris le chapeau.

4°. D'une

4°. D'une conduite de tuyaux devant avoir à peu près 100 toises de longueur.

Cette conduite sera adaptée à l'une des tubulures de la base du réservoir d'air, et se terminera au premier puisard ancien.

Les tuyaux seront en fonte, du diamètre de 15 pouces, et auront de 6 à 8 pieds de longueur; ils seront réunis par huit boulons avec leurs écroux; entr'eux, on mettra des rondelles de plomb garnies de flanelle goudronnée.

De 8 en 8 toises, on pourra employer des boîtes à calfat, pour éviter les inconvéniens de la dilatation lors des changemens de température; ces boîtes seraient garnies de cercles et brides en fer pour maintenir le calfat.

TROISIEME PARTIE.

Seconde Machine à vapeur à placer dans la tour.

CETTE Machine sera à simple effet, telle qu'on les emploie dans les mines de charbon pour l'extraction des eaux; son cylindre à vapeur aura 60 pouces de diamètre.

Elle sera composée,

1°. De deux chaudières, dont Son Excellence le Ministre de l'Intérieur déterminera ultérieurement la matière et la forme;

De tous les accessoires de ces chaudières, suivant la description faite au premier article de la première partie du présent devis;

2°. Des tuyaux conducteurs de vapeur;

3°. Du cylindre ayant ses fond, couvercle, et autres pièces, suivant la description faite au troisième article de la première partie de ce devis;

4°. Des sommiers en bois, destinés à porter la base du cylindre et

F

autres ferremens, décrits dans le quatrième article de la premiè
partie de ce devis ;

5°. Des boîtes de vapeurs, garnies de leurs soupapes, tampon
couvercles, tête, et autres pièces qui en dépendent ;

6°. De la colonne de vapeur, ou tuyau de communication ent
les deux boîtes ;

7°. Des condenseur, pompe à air, pompe d'eau chaude, bâch
et leurs accessoires, ainsi qu'il a été décrit aux articles 7, 8, 9,
et 11 de la première partie de ce devis ;

8°. Du régulateur avec ses axes, palliers, tirans et accessoires ;
la poutrelle en bois, avec son armure en fer ; des deux poteaux q
la maintiennent, et de l'attirail propre à la porter, lequel sera fi
sur un côté du balancier par un bout, et par l'autre contre le m
du bâtiment ;

9°. De deux fortes jumelles en bois, et deux forts sommie
destinés à recevoir les palliers des balanciers, des plates-band
boulons et pièces de fer propres à fixer ces jumelles et sommie
dans la maçonnerie ;

10°. Du balancier armé de quatre étriers, dont les extrémi
seront tournées et filtées d'un filet carré, ainsi que leurs écroux.

Le balancier sera en outre armé de deux contre-platines d'étrie
de quatre tirans ou plate-bandes pour le poinçon sur l'axe, de qua
autres plates-bandes pour fixer les deux courbes, avec des boul
et barres d'arrêts sur ces mêmes courbes, d'un axe en fer fondu, av
ses palliers en cuivre, et porte-palliers en fer fondu ; enfin, de
martingales, dont trois pour chaque extrémité.

Ces martingales suspendront deux assortimens de chaînes à mai
anglaise et en fer forgé, dont un sur chaque courbe ; chaque asso
timent sera à triple rang de mailles.

L'un de ces assortimens servira à la suspension de la tringle
piston à vapeur, et l'autre à celle du tirant des pompes dont il se
parlé plus bas.

Sur ce même balancier, sera placée une troisième courbe av

martingale et chaîne, pour la suspension de la tringle du piston de la pompe à air.

On y placera aussi un tourillon pour le tirant du piston de la pompe d'eau chaude.

Enfin, on y placera une partie des pièces de la suspension de la coutrelle du régulateur.

11°. Cette Machine sera accompagnée, comme la première, tant du côté du cylindre à vapeur, que de celui des pompes, d'engins à engrenages, avec moufles, poulies en fonte, et cordages pour aider au service ;

12°. Le peu de profondeur qu'aura le puits, ne permet pas de supposer qu'il soit nécessaire d'appliquer à la Machine un contre-poids propre à équilibrer l'équipage des pompes, ainsi que cela se pratique pour les puits très-profonds des exploitations de charbons ; cependant, si le besoin venait, après l'essai de la Machine, à en être reconnu, on ajouterait un contre-poids.

QUATRIEME PARTIE.

Pompes que la deuxième Machine doit faire mouvoir, et qui seront placées dans le puits.

DANS le puits qui sera creusé sous la tour, jusqu'à la rencontre de la galerie, et dont on évalue la profondeur à environ 60 toises, il y aura quatre jeux de pompes, se communiquant les uns aux autres, et placés à une distance égale, et à peu près de quinze toises.

Ces pompes seront composées,

S A V O I R :

Le jeu, placé au fond du puits, aura, pour aspirant, un tuyau de 6 pieds de longueur et 14 pouces de diamètre, et en fonte ; au-dessus

POMPES à placer dans le puits, sous la tour, mues par la 2°. Machine à vapeur.

Ier. JEU.

F 2

de cet aspirant, sera la chapelle avec ses soupapes ou clapets d'aspiration, et sa porte pour le service des soupapes.

Elle servira de base à un corps de pompe ayant 14 pouces de diamètre et 8 pieds de longueur. Il sera garni de son piston. Ces pièces seront en cuivre.

Le corps de pompe sera surmonté, jusqu'au premier repos, d'une conduite de tuyaux de fonte, ayant 14 pouces de diamètre, et 6 à 8 pieds de longueur, et réunis par huit boulons avec leurs écroux ; entre les joints, on mettra des rondelles de plomb, revêtues de flanelle goudronnée.

Ce premier jeu de pompe sera porté, à partir du dessous de la chapelle, par un fort sommier en fonte qui traversera le puits et reposera sur des pierres dures formant encorbélement dans la maçonnerie du puits ; le premier tuyau d'ascension, au-dessus du corps de pompe, sera maintenue dans sa position par des jumelles ou moises en bois ; on pratiquera la même chose pour le troisième tuyau, pour le cinquième, et ainsi de suite jusqu'au repos.

A ce repos, on placera une cuvette ou bâche de réception, et c'est dans cette cuvette qu'arrivera l'eau montée par le premier jeu de pompe.

IIe. JEU. ⎫
IIIe. JEU. ⎬   Ils seront, en tout point, conformes aux premiers.
       ⎭

IVe. JEU.

Le quatrième jeu sera différent des trois autres ; il sera sur le système d'une pompe à cylindre, c'est-à-dire, que le dernier tuyau d'ascension, au lieu de verser dans une cuvette, aura un couvercle avec boîte à calfat, pour le passage de la tringle de son piston ; ce couvercle portera un coude sur lequel on branchera un réservoir d'air, et une nouvelle conduite, pour servir à refouler l'eau dans le grand aqueduc, au-dessus de la tour ; ce second réservoir d'air sera conforme à celui déjà décrit.

Suspension des tirans des Pompes.

Aux chaînes posées sur la courbe du balancier donnant dans le puits, sera suspendu un principal tirant en bois de chêne.

Ce tirant, à sa naissance dans le fond du puits , aura cinqpouces d'écarrissage , lesquels seront augmentés progressivement , et portés à neuf à l'extrémité supérieure ; les pièces de bois qui formeront ce tirant principal seront assemblées à trait de Jupiter ; on placera de fortes plates-bandes, avec boulons et écroux , en fer forgé , sur les points de réunion.

Ce principal tirant devant faire marcher les quatre jeux de pompe, portera sur ses deux faces opposées des tirans coudés en fer forgé , auxquels seront suspendus les petits tirans qui tiendront les pistons des pompes.

Toutes les pièces indiquées dans le devis qui précède , seront établies solidement, suivant les principes d'une bonne construction, et en matière de première qualité.

Toutes celles faisant essentiellement partie d'une Machine à feu , et qui pourraient avoir été oubliées, seront censées avoir été décrites, parce qu'il est et doit être entendu que , lorsqu'on parle d'un cylindre et de boîtes à vapeur, par exemple, on comprend, sous les dénominations générales, tous les objets accessoires et de détail, comme rondelles, boulons, écroux , plaques et clavettes nécessaires pour leur assemblage et leur fermeture.

Solidité des Constructions ; qualité des Matières.

Pièces non décrites, regardées comme telles , et à la charge des soumissionnaires.

DEVIS ESTIMATIF.

PREMIERE PARTIE.

Constructions fixes.

Prix pour les Constructions fixes.

1°. La Machine à vapeur, dont le cylindre aura 56 pouces de

diamètre, composée suivant la première partie du devis descriptif, sera payée. . . . . 8o,ooo fr. » c.

On en excepte les deux corps de chaudières seuls.

2°. Les deux pompes, adaptées à la Machine de 36 pouces, composées suivant la deuxième partie du devis descriptif, et comprenant les aspirans à placer dans le puisard avec les pièces intermédiaires, jusques et inclus, le réservoir d'air et la chapelle de repos, à laquelle la colonne de tuyaux montante sur la pente de la montagne prendra naissance, seront payées. . . . . 4o,ooo fr. » c.

3°. La grande Machine à vapeur, dont le cylindre aura 6o pouces de diamètre, composé suivant la troisième partie du devis descriptif, sera payée . . . . 1oo,ooo fr. » c.

Sont exceptés les deux corps de chaudières seuls.

4°. Le tirant principal, et les quatre tirans particuliers à descendre dans le puits, pour le service des pompes, construits et ferrés, ainsi qu'il est dit à la quatrième partie du devis.

Ensemble, les trois cuvettes ou bâches, destinées à être placées dans le puits, pour la réception des eaux des trois premiers jeux de pompes (ces cuvettes étant doublées de plomb), seront payées 14,ooo fr. » c.

5°. Les quatre corps de pompes, leurs pistons, leurs chapelles, porte-clapets et accessoires, suivant le devis, à placer dans le puits, seront payés 4o,ooo fr. » c.

6°. Le transport de toutes les pièces à Marly, la mise en place des deux Machines, la pose des pompes dans le puits sous la tour, et dans le puisard au bas de la montagne ; celle des tuyaux de conduite sur la pente de la montagne et dans le

274,ooo fr. » c.

Ci-contre. . . . . 3o4,ooo fr.   » c.

puits ; ensemble, les équipages, attirails, frais,
et événemens imprévus, seront payés. . . . . . .   3o,ooo fr.   » c.

Néanmois, les soussignés auront la faculté de
demander, et être admis à compter de clerc-à-
maître pour toutes les dépenses qui viennent d'être
évaluées 3o,ooo francs. Ils seront tenus de dé-
clarer leur intention avant d'entamer les transports, pose, etc., afin que s'ils préfèrent compter de clerc-à-maître, le Ministre puisse préalable-
ment, à l'ouverture des travaux, prescrire les
formalités qu'il jugera convenables pour en cons-
tater les frais.

Si le besoin de contre-poids à appliquer à la
grande Machine, dont il a fait mention à l'article 12 de la troisième partie du devis descriptif,
vient à être reconnu, et après l'essai de la Machine,
les soussignés seront obligés de le fournir à leurs
frais, et sans pouvoir prétendre, pour ce, aucune
indemnité ou augmentation de prix. . . . .   3o4,ooo fr.   » c.

Faculté de compter de clerc-à-maître des Dépenses de transports, et Pose des Machines.

Contre-poids à fournir, si le besoin vient à en être reconnu.

DEUXIÈME PARTIE.

Constructions dont le montant est encore incertain.

1°. La confection des quatre corps de chaudières nécessaires pour les deux Machines, aura
lieu conformément à la décision que S. Ex. le Ministre portera ultérieurement.

Constructions dont les prix ne sont pas encore fixés en totali.

3o4,ooo fr.   » c.

De l'autre part. . . . . 274,000 fr. » c.

On construira d'abord une chaudière ; le coût sera payé suivant la facture que l'on soumettra à Son Excellence ; le réglement de prix qui interviendra , fera base pour les trois autres chaudières , ci. . . . . *Mémoire.*

2°. Les tuyaux de conduite qui doivent être placés dans le puits, et sur la pente de la montagne, seront payés à raison de 58 francs les cent kilogrammes , ci. . . . . *Mémoire.*

3°. Les joints des tuyaux , composés de huit boulons avec leurs écroux, et d'une rondelle de plomb revêtue de flanelle goudronnée , seront payés à raison de 40 fr. l'un , ci. . . . . *Mémoire.*

4°. Les moises ou jumelles de bois , ainsi que leurs ferremens qui seront placés dans le puits et dans le puisard , pour maintenir et porter les pompes et tuyaux, ne pourront être évaluées que lorsque la largeur du puits aura été déterminée, ci. . . . . *Mémoire.*

Il en sera autant des boites à callat , pour les tuyaux sur la pente de la montagne, dont l'emploi devra être ultérieurement arrêté , ainsi que pour les bois qui supporteraient ces mêmes tuyaux, dans le cas où l'on ne préférerait pas faire ces supports en pierre , ci. . . . . *Mémoire.*

5°. Enfin , on classera , comme Mémoire, les fournitures indépendantes des Machines , mais applicables aux bâtimens qui les contiendront, dont la demande viendrait à être adressée aux soussignés , ci. . . . . *Mémoire.*

504,000 fr. » c.

CONDITIONS

CONDITIONS DE PAYEMENS.

Immédiatement après l'acceptation du présent traité , il sera délivré aux soussignés une ordonnance de 40,000 francs , par forme d'à compte.

Sur les 264,000 francs , auxquels sera réduit , après ce payement, le prix des constructions fixes , on prélevera les 30,000 fr. de frais de transports, pose et événemens, pour n'être payés qu'après l'essai des Machines.

Le surplus de 234 francs sera divisé en cinq payemens égaux, de trois mois en trois mois ; de sorte que dans quinze mois, ou au 1er. août 1809 , époque à laquelle toutes les constructions devront être achevées dans les ateliers de Chaillot, la totalité se trouve soldée.

Les soussignés demanderont qu'on leur délivre et comprenne dans les payemens , les matières qui pourront leur servir , et qui se trouveraient exister sans emploi à la Machine actuelle ; le prix de ces matières sera convenu de gré à gré, ou réglé par deux experts.

Les fournitures ou constructions variables seront payées à part, à fur et mesure que les constructions auront eu lieu ; c'est-à-dire, les chaudières une à une, si les soussignés le désirent ; les tuyaux , par partie de 30 à 40 toises , et ainsi de suite pour le reste.

Toutefois, Son Excellence le Ministre aura la faculté de s'assurer, tant du progrès des travaux que de la réunion des approvisionnemens nécessaires pour les exécuter, dans les ateliers de Chaillot.

A l'époque de la pose, il sera donné aux soussignés une partie des ateliers de forge, magasins et logemens de Marly.

G

On les admettra à jouir des engins et équipages qui s'y trouveront, sauf à eux à les restituer en bon état, après s'en être servis.

———————

Les soussignés, Jacques-Constantin Périer, membre de l'Institut, et Martial-Théophile Barnoin, associés pour l'exploitation des ateliers de M. Périer, sis à Chaillot, où ils élisent domicile, sous la raison de Périer, Barnoin et compagnie, se soumettent et s'engagent,

Envers son Excellence le Ministre de l'Intérieur, stipulant pour le Gouvernement, à exécuter le devis qui précède, en tous ses points, clauses et conditions.

Si le présent traité avait besoin d être enregistré, les frais en seraient supportés par le Gouvernement.

Se soumettent les sieurs Périer, Barnoin et compagnie, en cas de difficultés et contestations sur l'exécution des présentes conventions, à être jugés administrativement.

Convenu que le prix de 3o4,ooo francs est réduit à 3oo,ooo fr.

Fait double entre Son Excellence le Ministre de l'Intérieur et les soussignés.

A Paris, le 16 *mai* 1808.

Le Ministre ,

Signé, CRÉTET, PÉRIER, BARNOIN et Compagnie.

Pour copie conforme,

PÉRIER.

———————

DE L'IMPRIMERIE DE PORTHMANN,
Rue des Moulins, n°. 21, près la rue Neuve-des-Petits-Champs.